1863

FRANÇOIS DE CIVILLE.

SOCIÉTÉ

DES

BIBLIOPHILES NORMANDS.

1

—

M. BRIANCHON.

AVT CIVILE AVT NIHIL

FRANCOIS   DE CIVILLE

Natus 12 april 1537 Rothomagi.
Globulo Scopetti percuffus et Septē
horarum sepultus deinde terra eductus
resurrexit die iovis 12 Octobris 1562.

Virtus prima die Augusti 1586.

DISCOURS

DES CAUSES POUR LESQUELLES

LE SIEUR DE CIVILLE,

Gentilhomme de Normandie,

SE DIT AVOIR ÉTÉ MORT, ENTERRÉ ET RÉSUSCITÉ,

PRÉCÉDÉ D'UNE NOTICE

PAR M. LE Mis DE BLOSSEVILLE,

Et ornée d'un Portrait du Sr de Civille, gravé d'après le tableau original.

ROUEN,
IMPRIMERIE DE HENRY BOISSEL

—

M.DCCCLXII.

NOTICE

SUR

FRANÇOIS DE CIVILLE.

———◆———

Peu de noms revivent plus souvent que le nom de François de Civille dans les recueils d'anecdotes et de singularités historiques. Il est écrit par de Thou dans son *Histoire universelle*. Farin a copié de Thou, et il n'est guère de chroniqueurs ou de biographes normands, guère d'arrangeurs de compilations, qui n'aient à leur tour presque littéralement reproduit le texte de cet annaliste de Rouen.

Le récit tant de fois emprunté est un extrait fidèle du *Discours* choisi par la Société des Bibliophiles pour la première de ses publications.

Ces quelques pages, imprimées en 1606 aux frais de François de Civille, sont devenues d'une rareté telle qu'au-

jourd'hui sa famille en possède seulement une copie de la
main de son cinquième descendant (1). Une note manus-
crite rapporte que se trouvant, en 1739, en garnison à
Nancy, le marquis de Civille avait « transcrit ce récit d'a-
« près l'original resté entre les mains de M. Lancelot,
« l'un des membres de l'Académie des Inscriptions, pour
« lors envoyé pour mettre en ordre les titres et papiers con-
« cernant le duché de Lorraine... »

Ce chapitre d'autobiographie, comme on dirait de nos
jours, avait excité, dès les premiers temps, un vif intérêt de
curiosité.

Pierre de l'Estoile disait dans son journal, à la date de
juillet 1606 :

« M. de Lespine m'a donné, le 11, ung petit discours de
« deux feuilles, nouvellement imprimé en ceste ville, autant
« rare et miraculeux qui s'en puisse voir ni ouïr, mais véri-
« table pour avoir esté escrit par celui mesmes en la per-
« sonne duquel le miracle est avenu, qui est un vieux
« gentilhomme normand nommé Civille, aagé de plus de

(1) Pierre-Auguste-Alphonse, marquis de Civille, fils de Jacques-
Alphonse et de Louise-Suzanne de Bonissent, né à Rouen le 24 janvier 1717, mort au Bois-Héroult le 28 janvier 1772. En 1739, il servait
dans les chevaux-légers. L'année suivante, il épousa Marie, fille du
maréchal de Puységur et de Jeanne-Henriette de Fourcy. Il était
chevalier de Saint-Louis à l'âge de vingt-neuf ans, pour s'être distin-
gué à la bataille de Fontenoy.

« soixante-dix ans, qui aiant esté mort, vit encore, et en a
« fait imprimer l'histoire à ses despens. »

Et plus loin :

« M. de Lescale (Scaliger) ayant reçu d'un sien ami le
« *Discours*..... lui en rescrivit en ces termes :

« Risi quantum stupui de Civili. Quid quod magis mire-
« mur nostra tulit ætas quam hominem vivere XLIV annos
« postquam sepultus est? Quam avide eam historiam legi!
« Quamdiu est quod nullum scriptum me tam varie affeceřit
« commiseratione, admiratione, voluptate! Non parum de
« me meritus es, qui hæc me ignorare non passus es. »

On lit aussi dans le savant hébraïsant Johannes Drusius
(Jean Driesch), cap. cxj, in cap. 37. Genes. ℣. 35 :

« Obsidio Rothomagensis in normanniâ hujus rei fidem
« fecit, non narro audita, sed ipsum hominem vidi, Lon-
« dini, et cum eo pransus sum apud baronem Pardillani (1)
« legatum tunc regis Navarræ in Angliâ. Per sex horas
« integras fuit sepultus. Famulus deprehendit ex annulo
« quem in digito gerebat, qui ex terrâ extabat, nam tumul-
« tuaria fuerat sepultura, ut fieri solet in recente capta
« urbe. »

---

(1) Dans une longue notice sur la maison de Pardaillan, La Che-
naye-des-Bois, copiant le Père Anselme, ne relate point cette mission.
Drusius cite vraisemblablement Blaise de Pardaillan, baron de La
Motte-Gondrin.

. D'Aubigné, qui l'appelle *Sevile* rend de lui ce témoignage :

« Je l'ai vu et cognu familièrement quarante-deux ans
« après (en 1604) ès assemblées nationnales où il estoit
« député de Normandie, et observé que quand nous signions
« les résultats, il mettoit toujours, *François Sevile*, *trois*
« *fois mort*, *enterré et par la grâce de Dieu résuscité*. Quel-
« ques ministres (contre mon opinion) ont voulu le faire
« desister de cette curiosité, comme la sentant vaine, mais
« jamais ils n'ont pu impétrer cela de lui. »

Le nom de François de Civille ne se retrouve pas dans les
listes des députés aux États généraux et aux États de Normandie, soigneusement recueillies par Farin. Il est pro-
bable que d'Aubigné, qui ne brille pas toujours par la
rigueur de l'exactitude, se sera souvenu de quelques con-
férences de protestants. Il est d'ailleurs bien établi que
François de Civille conformait sa signature à l'intitulé de
son *discours*. Ce n'était pas trois fois mort..... C'était
mort, *enterré et résuscité*.

Citons encore Maximilien Misson. Dans son *Nouveau*
voyage d'Italie, parlant de plusieurs apparences de résurrection, il écrit :

« L'histoire du capitaine François de Civille, gentil-
« homme normand, qui se disoit avoir été mort, enterré,
« et par la grâce de Dieu ressuscité, est un fait si rare et
« si singulier dans toutes ses circonstances, que personne

« ne devroit, ce me semble, l'ignorer. Divers auteurs qui
« vivoient alors (1562) ont écrit ce qu'il y a de principal
« dans cette histoire; mais ils ont tous manqué, et même
« en quelques articles assez importants. Si vous trouvez de
« la satisfaction à en être exactement informé, la chose
« vous sera fort aisée. Vous pouvez voir un ministre fran-
« çois qui s'est retiré à Londres (M. de Sicqueville, gen-
« tilhomme normand, et ci-devant ministre à Tours), dont
« la femme est petite-fille de François de Civille, et qui
« vous communiquera l'histoire de ce gentillomme, écrite
« par lui-même. »

Certes, à une époque reculée, l'homme qui excite à un
pareil degré la curiosité des érudits de son temps, serait
devenu le héros d'une tradition populaire ou d'une chan-
son de geste.

De nos jours plus prosaïques, le roman-feuilleton a
lourdement pesé sur lui. Les classes de rhétorique ne l'ont
pas épargné non plus. Naguères encore un de ses petits-fils
avait pour tâche d'étendre en amplification le simple récit
des historiens normands. Les sciences médicales elles-
mêmes ont voulu s'emparer des singularités de cette exis-
tence robuste (1). De là un feuilleton bizarre, de M. Petrus
Borel, où l'art chirurgical domine la réalité et l'imagination.

---

(1) *Anecdotes de médecine ;* Lille 1766, 1ᵉ partie, p. 276, —
attribuées à du Monchau.

De tout ce mélange de vrai et de faux il s'est fait un personnage de convention, d'une originalité toute particulière, tenant très bien sa place dans les mémoires d'une époque aventureuse.

Mais le faux n'a pas servi moins que le vrai à propager une renommée qui, de l'histoire et du roman, passera un jour ou l'autre aux arrangements, pour ne pas dire aux infidélités du théâtre.

Aussi, celui qui s'est imposé le devoir de reconstituer ici la vérité, la seule vérité, sentant couler dans ses veines quelques gouttes du sang de François de Civille, s'est-il demandé si le sentiment de la piété filiale ne lui interdisait pas, de réduire à des proportions plus conformes aux lois de l'humaine nature le renom d'un ancêtre qui a eu l'insigne bonne fortune de se faire une sorte de légende dans nos temps modernes.

Mais les faits qu'il s'agit de redresser ne touchent qu'aux caprices de la renommée. L'honneur du nom n'y est pour rien. Le vieux soldat restera tout entier dans cette espèce d'enquête à huis-clos dont cinquante bibliophiles sauront garder le secret. Si un jour le théâtre s'empare de cette vie accidentée, les fictions dont elle va être dégagée se retrouveront toutes seules à point nommé.

Le premier membre connu en France de la famille de Civille est Alonce, *de Hispania Oriundo* (sic), dont les lettres de naturalisation sont du 16 février 1488. Dans un acte

du 26 novembre 1524, il est qualifié signeur du Tronquai.
Plusieurs écrivains, à diverses époques, et de nos jours encore la *Biographie universelle*, ont écrit : Civile, et telle devait
être l'orthographe primitive ; mais le gentilhomme, venu
d'Espagne, s'était promptement acclimaté en Normandie.
La lettre L est double dans sa signature.

Il y avait cependant alors à Rouen, autour de lui, une
véritable colonie espagnole qui ne se fondait que lentement
dans la population normande. Deux de ses petites-filles
épousèrent, l'une un Sanchez, l'autre un Quintanadoine, seigneur de Bosguerard, dont nous trouvons le nom écrit *Quin-
tanaduenas* dans une note de la main de François de Civille.

Alonce de Civille, second du nom, seigneur de Bouville,
vicomte de Rouen, prit pour femme Marie de Saldaigne,
dame d'Incarville, d'origine espagnole comme lui. François, né à Rouen le 12 avril 1537, fut le quatrième de leurs
fils et de leurs huit enfants, ce qui n'a pas empêché d'accré-
diter l'anecdote suivante, reproduite à perpétuité par les
biographes les plus consciencieux :

« Sa mère étant morte lorsqu'elle était sur le point de lui
« donner le jour, comme on pensa que dans cette circon-
« stance, son enfant ne pouvait naître viable, elle fut enterrée
« sans que celui-ci eût été retiré de ses entrailles. Le mari,
« qui était absent, étant arrivé le lendemain de l'inhumation,
« se hâta, dès qu'il eut appris comment les choses s'étaient
« passées, de faire exhumer le corps de sa femme, duquel on

« retira l'enfant, qui, par un hasard qui tenait du miracle,
« se trouva être encore vivant. »

Il n'en aurait pas beaucoup plus coûté, pour la vraisem-
blance du fait merveilleux, de sauver la mère avec l'enfant,
car Marie de Saldaigne morte, enterrée et non ressuscitée en
1537, n'en émancipait pas moins, le 11 mars 1557, son fils
François, alors âgé de dix-neuf ans et onze mois, comme l'acte
a soin de le constater, quoique dans la requête dont la minute
porte cette note écrite de sa main : *Attestation de mon aage
faicte en justice,* il se fût dit âgé de vingt-un à vingt-deux ans.

Ses deux frères aînés, Alonce et Antoine, conseiller au
Parlement, tous deux ses tuteurs, concouraient à cette
émancipation, au sujet de laquelle avaient été consultés
ses plus proches parents, le premier président Groulard,
Raoul Bretel de Gremonville, président au Parlement, les
Béthencourt, dont une branche était naturalisée en Espagne, les Moulineaux, les Maignard de Bernières et les
Jubert d'Harquency, dont les descendants devaient, par
une double alliance (1), réunir les biens considérables des

---

(1) Marie de Civille, seule fille et héritière d'Alonce, sieur de Saint-
Martin-aux-Buneaux et de Beuzevilette, femme de Guillaume Jubert,
sieur d'Arcancy, doyen de la Cour des Aydes.

Françoise de Civille, dame de Bouville et de Boislevicomte, fille
unique de Vincent de Civille, sieur de Bouville, président aux re-
quêtes, femme d'Alphonse Jubert, conseiller au Parlement, puis président en la Cour des Aydes.

branches aînées de celle de François, éteintes en ligne mas-
culine.

Les titres de famille n'ont conservé aucun document sur
les premiers pas de François de Civille dans la carrière des
armes. Il ne paraît qu'en 1562, capitaine à vingt-cinq ans
d'une compagnie de deux cents hommes de pied parmi
les défenseurs de Rouen.

C'est le jour du dernier assaut, le 15 octobre, que, blessé
à la tête d'un coup d'arquebuse, tombé du haut du rempart
de Saint-Hilaire dans le fossé, et déjà couvert de terre, il a
dû son salut, sa résurrection, comme il l'a dit, au dévoue-
ment d'un fidèle serviteur dont le nom a été justement
conservé : Nicolas de La Barre.

Cet évènement est le sujet du *discours* qui reçoit les
honneurs de la réimpression.

La convalescence du brave capitaine fut lente et difficile.
Dix mois après, la blessure était à peine cicatrisée. La gué-
rison ne fut complète qu'au bout de vingt ans, en Angleterre.

Le 17 août 1566, François de Civille épousait Jehanne
du Mouchel. Les biographes ont rapporté qu'il n'eut pas
d'enfants de ce premier mariage. C'était précisément le
contraire qu'il fallait dire; Jehanne du Mouchel lui donna
deux fils, Isaac et Alphonse; le premier, chef de la branche
des Civille-Saint-Mars; le second, de celle des Civille-Vil-
lerest, qui ont eu nombreuse postérité.   :

A dater de cette union, il s'efface absolument. Un homme de sa trempe ne pouvait rester sans action à cette époque tourmentée, où les partis bataillaient tous les jours entre des trèves rares et courtes, mettant le royaume à deux doigts de sa perte. Zélé huguenot et soldat dévoué au roi de Navarre, quelle fut sa part dans les mouvements de guerre civile, où la neutralité n'était possible à personne? Comment sut-il échapper à la Saint-Barthélemy? Rien dans les nombreux papiers de sa famille, rien jusqu'ici dans les archives publiques ne révèle un acte de lui.

En janvier 1585, il épouse en secondes noces Madeleine, fille de Pierre Rémon, premier président du Parlement de Normandie de 1545 à 1553, assistée à son mariage de ses deux frères, l'un sieur de Cussy, l'autre sieur de Sancey. Madeleine Rémon mourut en 1601, sans postérité.

C'est de l'année suivante que datent les deux portraits conservés par les descendants de François de Civille.

Les armoiries peintes sur ces tableaux au-dessous de la devise : *Aut Civille, aut nihil*, qu'il ne faut pas taxer d'excès de modestie, et qui venait probablement d'Espagne, sont d'argent au chef d'azur, chargé d'une fleur de lys d'or, entre deux molettes d'éperon du même; pour cimier, un casque cantonné d'une fleur de lys d'or, et pour légende :

Natus, 12 april, 1537.
Rothomagi globulo scopetti,
Percussus et septe horarū spacio (1)
Sepultus, deinde terra eductus
Resurrexit Die jovis 12
October 1562.
    Pictus prima die Augusti
        1586.

Il est tiré parti dans un récit romanesque de la pâleur effrayante de ces portraits, qui paraissent, dit-on, être ceux d'un homme de trente ans. François de Civille en avait alors quarante-neuf. Il est vrai que la peinture a beaucoup pâli.

Dans cette année qui suivit son second mariage, il vint résider à Londres. Était-ce un voyage *forcé*, comme on le lit dans quelques notices? A cette époque, les exils et les nécessités de fuir n'étaient pas rares. Remplissait-il pendant la guerre des trois Henri quelque mission secrète du parti protestant? Cette opinion ne serait pas sans probabilité; mais il n'y a là qu'une conjecture plausible.

Pendant ce séjour volontaire ou forcé à Londres, où sa santé achevait de se rétablir, il faisait vendre à Nicolas Rassent, sieur d'Arsigny, une maison située dans la paroisse

(1) Le mot *spacio* est omis dans l'inscription peinte sur le portrait gravé en tête de cette publication.

Saint-Gervais, de Rouen. Vincent de Civille, sieur de Bouville, son neveu, était son fondé de pouvoirs pour cet acte
d'un temps où l'on ne s'enrichissait pas au métier de la
guerre.

Le ministre protestant réfugié Guilbert de Sicqueville,
mari d'Elisabeth de Civille, arrière-petite-fille de François,
a raconté, d'après des traditions domestiques, que la reine
Elisabeth souhaita voir le héros d'une si étrange aventure
et la lui entendre raconter. Elle lui donna un diamant
pour lui porter nouveau bonheur, en souvenir d'une pierre
précieuse qui l'avait fait reconnaître parmi les morts au
rempart Saint-Hilaire, et son portrait en pied de grandeur
naturelle, qui existe au château du Boishéroult, avec cette
inscription gravée sur le cadre :

« En reconnaissance d'un service que François de Civille
« a rendu à Elisabeth, reine d'Angleterre, elle lui a fait
« l'honneur de lui donner son portrait en 1588. »

Ce portrait historique est en parfait état de conservation.
Il ne saurait être la simple récompense d'une curiosité sa-
tisfaite. Mais quel fut le service rendu? L'histoire est
muette ; les archives de famille le sont aussi.

L'année suivante, François de Civille est de retour en
France auprès d'Henri IV. Laissons-le parler lui-même
dans un Mémoire présenté à Louis XIII, vingt-et-un ans
plus tard, Mémoire dont une copie contemporaine est restée
à ses descendants.

« Le feu Roy auquel Dieu fasse paix estant à Dieppe,
« accorda au sieur de Civille, sieur du lieu (1), l'office de
« commissaire ordinaire des guerres que souloit tenir
« Pierre de Lion, et luy en feist expédier brevet le ix⁰ jour
« d'octobre..... (1589), en faveur des services qu'il avoit
« rendus à Sa Majesté au voyage qu'il feist en Escosse où
« il fust depputé exprès pour y faire une levée de trois
« mil Escossois comme il feist et les amena au service dudict
« feu Roy quy luy feist don dudict office de commissaire
« tant pour le recognoistre de ses dicts services que pour
« le rescompenser auscunement des fraits qu'il auoit faits
« pendant neuf mois quil demoura aud. voyage montants
« lesdicts fraits à deux mil escus et plus, dont il n'a jamais
« recu auscune chose de Sa Majesté ny dautres pour elle,
« et sera considéré par Messeigneurs le connétable de
« Montmorency et de Villeroi que cet office fust donné
« aud. de Civille par forme dengagement en attendant que
« Sa Majesté eust moyen de le pouvoir rembourser de lad.
« somme le pourroit encore bien certifier M. de Beaulieu
« Ruze secretaire dEstat, qui en a expedié les lettres de
« provision aud. de Civille. »

Ce Mémoire expose ensuite que François de Civille fut

----

(1) *Sieur du lieu.* — Ce Mémoire est parfaitement authentique,
mais il ne reste aucune trace d'un lieu auquel la famille de Civille aurait donné son nom.

pourvu l'année suivante d'un second office de commissaire des guerres, dont il préta serment entre les mains du maréchal de Biron. Il énumère les actes de confirmation de ce cumul. Il fait valoir les diverses missions qui lui ont été confiées par feu Monseigneur de Montpensier, gouverneur de Normandie, et Messeigneurs de Retz et de Bouillon, maréchaux de France, desquelles il se serait si dignement acquitté, que, pour les accomplir, il aurait employé de son bien jusqu'à la somme de dix-huit cent soixante-six écus deux tiers, et que les assignations qui lui avaient été ordonnées en paiement se seraient trouvées infructueuses.

Une lettre d'Henri IV constate en ces termes les services rendus à la suite de cette mission de confiance :

« A notre cher et bien-aimé le sieur de Civille, commis-
« saire ordinaire de nos guerres, salut :

« Estant nécessaire pour la conduite et direction des
« trouppes angloises tant de cheval que de pied, entrées en
« notre royaume pour le secours d'iceluy contre l'inva-
« sion des anciens ennemis de la France, de commettre
« quelque bon et expérimenté personnage pour demeurer
« auprès des trouppes, nous avons pensé ne pouvoir faire
« meilleur choix et ellection que de votre personne, tant
« pour l'asseurance que nous avons de votre sens, suffisance,
« loyauté, preudhomie, expérience et bonne dilligence, que
« pour ce que nous savons que nous ne saurions y com-
« mettre personne qui leur soit plus agréable.

« A ces causes et autres à ce nous mouvant vous avons
« commis et depputté, commettons et appellons par ces
« presentes pour servir et demourer pres des dites troupes
« angloises, tant qu'elles seront en notre royaume, donner
« ordre à ce qui sera nécessaire pour tout et partout. »

« Donné au camp de Noyon, le 13 septembre 1591.

          « HENRY.

« par le Roy:

          « RUZÉ. »

Rien n'indique en François de Civille un genre d'esprit
propre à la vie des cours. Aussi s'étonne-t-on de le voir
pourvu, à Dieppe, le 18 novembre 1593, d'une charge de
conseiller, maître des hôtels de Catherine de Navarre,
sœur unique du Roi, duchesse d'Albret et de Bar.

Mais sa carrière militaire ne s'en poursuivit pas moins,
comme le prouve cette nouvelle lettre d'Henri IV :

« Commissaire Civille, jay delibéré me servir en mon
« armée de Bretagne du régiment du sieur de Boniface, et
« vous ai choisy pour le conduire aux environs de ma ville
« de Saumur, ou je fais lamas d'une partie des forces que
« jay destinées pour ladite armée. Vous verrez par mes
« lettres de commission et instruōns que je vous envoye, ce
« que je désire de vous en cest endroit. A quoy vous ne
« faudrez de vous employer selon la fiance que jay en votre
« dextérité et en laffection que vous portez a mon service.

« Et je vous feray a votre retour payer des frais de votre
« voyage lesquels je me promets que vous ne ferez diffi-
« culté d'advancer pour une si bonne occaõn. Priant Dieu,
« commissaire Civille, qu'il vous ayt en sa sainte et digne
« garde. Escript à Paris le xvᵉ jour de janvyer 1598.

« *Signé :* HENRY. »

L'heure du repos ne tarda pas à sonner pour François de
Civille. Les premières années du nouveau siècle ne mon-
trent plus en lui que le père de famille constamment occupé
de l'avenir de ses enfants, et laissé très libre dans ses fonctions de capitaine de Fontaine-le-Bourg.

Le 19 décembre 1600, il échangeait plusieurs maisons à
Rouen contre le fief noble et seigneurie de Saint-Mars-en-
Caux, plein fief de Haubert, venant d'Adrien le Marinier,
comprenant 100 acres de domaine non fieffé et 50 acres
en roture, valant en principal 53,000 livres tournois, et
produisant un revenu de 2,378 livres.

Isaac, son fils aîné, prit le nom de cette terre et eut onze
enfants de son mariage avec Geneviefve de Roesse, dame
de Feuqueray.

Un des principaux soucis de François de Civille, à cette
époque, était de faire entrer son second fils Alphonse au
Parlement, où sa famille était déjà représentée. De nom-
breuses notes de sa main constatent ses liens de parenté
et d'alliance avec la plupart des familles qui tenaient alors

le premier rang dans sa province, avec les familles parle-
mentaires plus particulièrement; les Soquence, les Tilly,
les Bonneval, les Bretel de Grémonville, les Paix-de-Cœur,
les Incarville, les Auber de Gouville, les Croixmare, les
Torcy, les Courvaudon, les Toustain, les Clermont d'Am-
boise; tous lesquels sieurs, écrivait-il, ont la plupart des
sieurs présidents et conseillers à la Cour, pour frères, beaux-
frères, cousins-germains ou remués de germains, ou autrement alliés.

Il ne tenait pas moins à transmettre à son fils aîné, Isaac,
sa charge de commissaire des guerres (1), et Henri IV accorda
gracieusement cet acte de justice.

Dans une requête adressée au jeune Louis XIII, François
de Civille expose que « reçu aux Tuileries par Henri IV, le
« 11 mai 1610, Sa Majesté, en présence du maréchal de
« Boisdaufln et de plusieurs autres seigneurs qui le peu-
« vent certifier, lui a octroyé la transmission de ses offices
« en la personne du sieur de Saint-Mars, son fils, mais que
« la mort du Roi étant inopinément survenue le 14 mai, il
« s'était retiré malade en sa maison de Rouen sans empor-
« ter les expéditions qu'il réclame... »

(1) Il serait long et peu utile de détailler ici combien ces fonctions
différaient des charges créées bientôt après par Louvois, charges d'où
est sorti, de transformation en transformation, le corps de l'inten-
dance militaire.

3

Cette requête du fidèle serviteur fut accueillie dans les termes les plus honorables, mais avec d'assez graves restrictions financières.

Le 1er novembre suivant, le roi mineur « mettant en
« considération les anciens et continuels services rendus
« au feu roy son père, que Dieu absolve et à ses prédéces-
« seurs roys, depuis quarante ans et plus au faict des armes
« et négociations, tant dedans que hors du royaulme, à la
« conduite des gens de guerre estrangers nottamment, en
« fin de l'année 1589, qu'il admena au service de feu Sa
« Majesté, au siége à Dieppe, un bon nombre d'Escossoys,
« desquels il fust faire la demande et la levée en Écosse
« par son exprès commandement, et employé neuf mois
« vingt-sept jours entiers en cette négociation à ses pro-
« pres couts et despens, de quoy il s'est si fidellement et
« dignement acquitté, que sa dicte Majesté, ne l'en pouvant
« lors rembourser, lui fist expédier des lettres de provision. »
Le roi Louis XIII « accepte la résignation du père sans que
« le fils ait aucune finance à payer, » mais en stipulant que
cette « transmission tiendra lieu de plus six *mil* livres dé-
« boursés au voyage d'Escosse, outre 4375 liv. 5 sols
« encore dûs de plusieurs autres voyages. »

Les *gaiges* de cet office étant de 500 livres seulement, il y était sans doute attaché des avantages accessoires bien supérieurs.

François de Civille survécut peu à cet arrangement de

famille. Il mourut à l'âge de 74 ans, le 23 décembre 1610,
et ne fut enterré que près de deux mois plus tard, le 19 février 1611, sans qu'il soit assigné dans les documents domestiques aucune cause à ce singulier retard. Aurait-on pensé
qu'il ne fallait pas se presser de rendre à la terre le capitaine déjà mort, enterré et ressuscité(1)?

Dans son acte mortuaire il est qualifié seigneur de Saint-
Mards, Montrosty (2) et Cottevrard (3).

Les recueils d'anecdotes, et après eux la grave *Biographie
universelle*, ont prétendu qu'amoureux transi, octogénaire
et jaloux, il avait été enlevé par une fluxion de poitrine,
gagnée à passer une nuit par un temps de gelée sous les
fenêtres d'une belle. Fiction sur sa tombe, comme fiction
sur son berceau. François de Civille était déjà sérieusement
malade d'une fièvre quarte, au moment où il adressait, en
juillet, sa requête à Louis XIII.

(1) Plusieurs Mémoires manuscrits et Servin, dans son *Histoire de
Rouen*, racontent une anecdote singulière qui aurait valu, dès 1344,
à Antoine Postel, sieur des Minières, conseiller au Parlement de
Normandie, le surnom de *Mort enterré et ressuscité ;* M. Floquet,
dans son *Histoire du Parlement*, reproduit à son tour ce récit, mais
seulement pour en prouver toute l'invraisemblance.

(2) Montroty, canton de Gournay, terre voisine du Tronquay, dont
Alonce de Civille était seigneur.

(3) Cottevrard, canton de Bellencombre.

De La Place, dans son recueil d'épitaphes rimées, lui a
consacré ce quatrain :

> Ci-git qui deux fois dut périr,
> Et deux fois revint à la vie ;
> Et que d'amoureuse folie
> Dans sa vieillesse on vit mourir.

Il en existe une autre version qui n'est ni plus vraie, ni
plus poétique :

> Cy gist qui deux fois vist la mort,
> Et deux fois revint à la vie,
> Et dont l'amoureuse folie
> Dans l'hyver de ses ans a terminé le sort.

François de Civille a laissé, sous la date du 25 juillet 1609,
un testament tout entier de sa main, en trois grandes pages
d'une écriture correcte, fine et serrée. Sa signature, très
ferme, n'est point accompagnée des trois mots dont, selon
d'Aubigné, les ministres protestants lui avaient demandé
vainement le sacrifice. Peut-être avaient-ils fini par l'ob-
tenir de son humilité chrétienne aux approches de la mort.
Protestant zélé, bien qu'un biographe l'ait, de son autorité
privée, converti à la foi catholique au moment de l'abjura-
tion d'Henri IV, il exprime le désir que son corps soit in-
humé « sans pompe aucune et sans frais nuls que ceux qui
« se font d'ordinaire aux sépultures de tous les chrestiens
« faisant profession de la religion réformée. »

Son premier legs est pour les pauvres de cette religion en
l'église de Rouen, à Quevilly. Il confie pour cette attribution
trois cents livres tournois au diacre de son quartier, au
moment de sa mort. Le second est pour les pauvres du
bureau et de la Magdeleine.

Il laisse ses biens immeubles à ses deux fils « pour iceux
« estre entreux partagez selon les lois, uz et coustumes du
« pays de nostre naissance et des lieux ou ils pourront
« estre situez ou que je pourray lors de mon deceds de-
« meurer afin d'oster tout subject de discord entr'eux. »

Il se réserve l'entière et libre disposition de ses biens
meubles et la règle très minutieusement, ainsi que le deuil
de ses nombreux serviteurs, divers dons et des remises de
fermages.

Il lègue aux deux filles de son médecin des bagues ;

A M. Bosquet, avocat en la Cour, deux cuillers de nacre
de perle à manche d'argent doré ;

A *la paoure Camarde*, si elle est encore à son service, six
escus qui lui seront payés en la mariant ;

Une opale enchâssée en un anneau d'or à sa bonne nièce
de Sainte-Marguerite, en souvenir de l'amitié qu'ils ont toujours portée l'un à l'autre et de sa constance en la vraye religion chrestienne ;

A son fils Alfonse de Civille de Villeretz, ses pierreries.
ses perles et ses livres ;

Deux portraits à sa fille de Saint-Mars (Geneviève de

Roesse, femme d'Isaac); l'un de sa sœur, l'autre de lui;

A son petit-fils Samuel, une chaîne d'or et 157 livres 2 sols 6 deniers de rente hypothèque;

A son petit-fils et filleul Isaac, *son* diamant; il ne dit pas si c'est celui du fossé Saint-Hilaire ou celui de la reine Élisabeth; son diamant ou 60 écus; le meilleur de ses chevaux, tout harnaché à son choix, et un étui complet d'argenterie de campagne.

François de Civille poursuit ainsi :

« Je prie M. de La Pille (1), lequel m'a toujours continué
« sa chère amitié, vouloir accepter la payne de l'exécution
« de ce mien testament avec ma bonne nièce de Sainte-
« Marguerite, ce que mes enfans auront pour agréable,
« lesquels je veux aussi, en cas qu'il survinst entr'eux
« quelque discord, soit pour les partages ou autres choses,
« l'accepter pour juge de tous leurs différends, recoignois-
« sant assez combien il m'a toujours aymé et tout ce qu'il
« m'appartient. »

Ce testament se termine en ces termes :

« Je me réserve à augmenter et retrancher ce présent
« testament comme bon me semblera, ne lyant par iceluy

(1) Charles Le Cordier, seigneur de La Pyle, du Troncq et d'Iville, alors procureur général, bientôt après président de la Chambre des Comptes.

« ma volonté et revoque tout autre testament, comandant
« à mes enfants d'accomplir le contenu en tout et de n'y
« contrevenir aucunement : afin qu'ils jouissent plainement
« de ma bénédiction, se contentant du bien que je leur laisse,
« qui est trop plus grand que celuy quay receu de mes pre-
« cesseurs, et les asseurant avoir este par moi bien acquitz
« afin qu'en faisant autant de leur part, Dieu leur face la
« grâce et d'en bien jouyr, et d'en acquérir légitimement
« davantage à leur postérité, laquelle je prye Dieu bénir
« de ses très saintes bénédictions. »

Ainsi parlait alors l'esprit de famille.

———

Le portrait placé en tête de cette notice a été réduit et gravé, avec
la plus grande exactitude, par M. Louis de Merval, d'après une
peinture originale du temps, de grandeur naturelle, d'un faire assez
médiocre et très pâlie par l'effet de la vétusté, qui appartient à M. le
marquis de Civille.

L'encadrement a été composé d'après le style des ornements de la
fin du XVIᵉ siècle. L'inscription a été relevée mot à mot sur le tableau
même dont elle occupe une partie du fond ; seulement, la comparaison
de cet original avec un second exemplaire du même portrait, lequel
porte la même inscription, a fait découvrir une lacune dans la première version : c'est l'absence du mot *spatio*, qui doit être intercalé
après le mot *horarum* ; sans cette restitution, la phrase est incom-
plète et le sens à peu près inintelligible.

Les armoiries, timbrées d'un casque orné de ses lambrequins, avec la devise : AVT CIVILE AVT NIIIL, sont également peintes sur le fond du portrait. Ces armoiries se blasonnent ainsi : *D'argent, au chef d'azur chargé d'une fleur de lis d'or accompagnée de deux étoiles de même.*

Le précieux autographe, dont le *fac-simile* est également joint à cette notice, est aussi en la possession de M. le marquis de Civille, qui a bien voulu nous mettre à même de le publier.

Cet autographe, sauf la note indicative inscrite sur le repli, est en entier de la main de François de Civille ; il établit d'une manière authentique le singulier mode de signature que Civille avait adopté après son merveilleux retour à la vie. Cette pièce est ainsi conçue :

Nous Françoys de Civille, escuyer, conseiller du Roy, commissaire ordinaire de ses guerres, certifions à tous, qu'il appartiendra, que le sieur de Gerponville, capitaine d'une compagnie de chevaux légers pour le service de sa majesté, a continuellement faict la guerre contre les ennemys avec icelle, pendant l'année passée, 1593, sans qu'il aye, pour l'entretenement d'icelle, aulcunne chose ne luy ny ses compagnons receu qui soit venu en notre congnoissance.

En tesmoing de quoy avons signé la présente.

A Rouen, ce 25e jour de septembre 1594.

F. DE CIVILLE

Mort, enterré, et resuscité.

Sur le repli :

1594

Certifficat de monsieur de Civille commissaire des guerres pour la compaignye de monsieur de Gerponville.

Nous Françoys de Civille Escuyer Cons[eille]r du roy, Et comis ordinaire des
guerres Certiffions a tous, qu'il appartiendra, que le s[ieu]r de Geyposville Esc[uye]r d'une
Compagn[i]e de Sainct leger pour le terme de sa Ma[jes]té a ... continuellement faict
la guerre contre les Ennemys auec double pendent l'annee passee 1595, tant qu'il aye
pour l'Entretenem[en]t D'Icelle autres chose ne luy, ty au compagnons neueu, qui sont
venu En vne cognoissance En tesmoing de quoy auons signe la ste. A rouan
ce 25 e jour de Septemb[r]e 1594.

F. DE CIVILLE

Mort, Enterre, Ressuscite.

DISCOVRS

Des causes pour lesquelles le sieur de Ciuille,

Gentil-homme de Normandie, se dit

auoir esté mort, enterré, &

resuscité.

PLVSIEVRS des amis du Sieur de Ciuil-le, qui l'ont maintesfois ouy appeler, mort, enterré, & resuscité, desireux de sçauoir comment cela est aduenu, & l'ayans prié en vouloir mettre quelque chose par escrit, à fin d'apprendre & entendre les moyens d'vn cas si rare, si estrange, & comme incroyable. Il a pensé (pour ne manquer au curieux desir de ses amis) estre de son deuoir d'en dresser vn Discours assez au long: à fin qu'vn chacun voye de poinct en poinct la verité, & cours de ceste histoire.

LE SIEVR de Ciuille donc commandant à vne côpagnie de cent pietons dedans la ville de Roüen, lors qu'aux premiers troubles de l'an mil cinq cens soixante deux, elle fut assiegée par l'armée du Roy Charles IX. qui y estoit en personne. Il fust ordonné par le feu Sieur Comte de Montgommery (qui lors commandoit en ladicte ville) estre auec sa compagnie le Ieudy quinziesme d'Octobre

A

audit an mil cinq cens foixante deux, fur le haut du rempart entre la porte de fainct Hylaire, & vn lieu ou y auoit lors vne tour, à prefent ruinée, tirant vers les fourches, qu'on appelle de Bihorel, à fin d'y fouftenir les premiers efforts d'vn grand affaut qui fe preparoit, & qui fut ledit iour donné, & continué depuis le matin, iufques apres fix heures de foir. Suiuant quoy le fieur de Ciuille ayant placé fa compagnie fur le haut dudit rempart, en eftat de combatre, apres auoir luy & fes compagnons long temps fouftenu & repouffé les grands efforts des affaillans, il fut finalement bleffé d'vn coup d'arqueboufe en la iouë & mafchoire dextre, tiré de deffus la porte S. Hilaire (qui quelque temps auparauant auoit efté enleuée à ceux de la ville) reffortant la balle par derriere, pres & ioignant la foffette du col, & en fut percé fon hauffecol. Ce coup le fit trebucher du haut du rempart iufques au pied d'iceluy: auquel lieu fe trouuans plufieurs pionniers faifans des foffes, felon qui leur auoit efté commandé, ledit de Ciuille, fans autrement f'enquerir qui il eftoit, & f'il eftoit mort ou non, fut par aucuns d'iceux, fans autre ceremonie apres l'auoir defpoüillé, mis & ietté dedans l'vne d'icelles foffes au pied dudit rempart, affez pres d'vn lieu ou à prefent il fe void vne voufte de pierre, depuis ledict temps baftie. Et comme ils le iettoyent en icelle foffe, il se prefenta le corps d'vn autre homme nommé Claude le Foreftier marchand Droguifte, demeurant deuant la Ronde audit Roüen : lequel (combien qu'il ne fuft qu'eftourdy d'vn faut qu'il auoit fait en l'air, pour raifon d'vn coup de canon qui l'ayant frappé deffous les pieds, l'auoit efleué hors de terre) fut neantmoins logé en la mefme foffe, & y mis de fon long fur le corps dudit de Ciuille, ayans les pieds vers la tefte l'vn de l'autre, & ce apres auoir efté pareillement defpoüillé, & auffi toft tous deux couuerts de terre. Or auoit le fieur de Ciuille efté frappé enuiron les onze heures de matin, ou peu deuant, & auffi toft enterré, & demeurerent les deux corps dedans ladite foffe, iufques apres fix heures & demie de foir, qu'eftant l'affaut finy & les compagnies retirees chacune en fon quartier par commandement des chefs, on commençoit d'affeoir gardes par tout. Et lors comme Monfieur le Comte de Montgommery fe retiroit à cheual auec bonne troupe pour aller en l'Archeuefché ou il logeoit, & qu'il paffoit par la Croix de Pierre, ou les Laquais eftoient attendans leurs maiftres, fur leurs cheuaux, fans d'auantage f'auancer vers la porte S. Hilaire (occupée par ceux du party du Roy) fe prefenta à luy vn grãd Laquay nommé Nicolas de la Barre, natif du Virolet pres Vernom, qui eftoit audit fieur de Ciuille, attendant là fon maiftre, auec plufieurs autres, monté fur fon courcier; lequel Laquay ayant ouy dire que fon maiftre eftoit mort, f'approchant dudit Seigneur Cõte lors paffant lui demanda affez brufquement f'il eftoit vray, que ledit fieur de Ciuille fon maiftre fuft mort, comme on luy auoit raporté. A quoy ledit Comte fit refponfe qu'il l'auoit des les onze heures du matin, ou toft apres

fait enterrer au pied du rempart, au haut duquel il auoit
efté tué, entre la porte S. Hilaire & la porte Beauuoisine, à
l'endroit mefme ou il auoit combattu, & que f'il vouloit a-
uoir fon corps pour le faire enterrer au lieu de fes ance-
ftres (comme difoit ledict Laquay defirer faire) qu'il luy
bailleroit le Capitaine Iehan de Clere, Lieutenant de fes
gardes là prefent : auquel il commanda des lors de le conduire, & de luy monftrer l'endroit ou ledit fieur de Ciuille auoit efté enterré, ce qu'acceptant tref-volontiers ledit
Laquay, partirent auffi toft enfemblement ledit Capitaine
Iehan de Clere & luy, pour aller vers le lieu d'icelle foffe :
ou eftans arriuez, ledit Laquay defcendant de deffus fon
cheual (qu'il bailla à tenir à vn foldat) fe mit à gratter tellement auec les mains, & à leuer & ofter la terre hors d'i-
celle foffe (qui n'eftoit au plus que de demy pied de hau-
teur fur les deux corps) qu'il en defcouurit bien toft vn :
& ce d'autant pluftoft que la terre, dont ils eftoyent couuerts, eftoit encor fraifchement remuée. Ainfi ayant ce laquay tiré le premier corps, fçauoir eft celuy dudit le Foreftier, l'eftendit fur l'herbe : mais apres l'auoir bien regardé
par tout, & iceluy tourné de cofté & d'autre, ne le cognoif-
fát point, retourna vers la foffe pour en tirer l'autre corps,
duquel apres auoir ofté la terre qui le couuroit, le retira
hors de là, & le traina fur l'herbe vn peu plus à l'efcart que
n'eftoit celuy dudit le Foreftier : & l'ayant regardé deffous
& deffus, ne le recognoiffant non plus que l'autre (pour
eftre ce dernier corps entierement couuert de sang & de

terre)ce qui auoit engendré vne bouëou crotte fur toutes
les parties de fon corps. Il voulut derechef vifiter l'autre
corps plus exactement que deuant : mais voyant derechef
que ce n'eftoit auffi fon maiftre (comme eftant le plus
pres de la foffe) le reietta le premier dans icelle : puis à
l'ayde dudit Iean de Clere retrainant l'autre corps qui e-
ftoit vn peu à l'efcart, le remit auffi dedans ladite foffe, &
l'eftendit de fon long furledit Foreftier, ayant la face vers
terre, & le ventre fur celuy du Foreftier : puis les recouuri-
rent de terre, combien que legerement : car la main gau-
·che du fieur de Ciuille fortoit hors de ladicte foffe, toute
defcouuerte. Ia eftoit le Laquay remonté fur fon cheual
pour f'en retourner, tout efploré de regret de n'auoir eu
ce bon heur de recouurer le corps de fon maiftre, lors que
ledict Capitaine Iean de Clere apperceuât cefte main non
couuerte, & ne voulant (difoit-il) ainfi la laiffer nuë, de
peur que les chiens ne la vinffent manger la nuict, ou bien
la ronger, et que par mefme moyen (peut-eftre) ils ne re-
tiraffent tout le corps pour en faire de mefme : f'approchant de la foffe donna du pied fur ladite main, pour la
faire enfoncer dans terre. Mais de ce coup il deftourna le
Chatton d'vn gros Diamant triangle, que portoit ordinai-
rement ledit fieur de Ciuille, & lequel leffufdits pionniers,
qui feftoyent fort haftez de le defpoüiller & mettre en
terre, n'ayans eu loifir d'apperceuoir, auoyent laiffé couuert, caché & ferré entre les doigts de fa main gauche, la
lueur duquel diamant donnant aux yeux dudit Capitaine

Iean de Clere, auffi toft il le print, & r'appelant le fufdiçt
Laquay (qui ia eftoit en chemin pour fe retirer) luy diçt
qu'il n'auoit pas perdu fa peine, ains auoit trouué vn bon
Diamant en la main du corps le dernier enterré. Lefquelles paroles ayant ledit Laquay entenduës, reuint bien toft
demandant audit Capitaine Iean de Clere à voir ledit
Diamant, lequel fut auffi toft par luy recognu : & en tref-
faillant de ioye affeura & afferma audit Capitaine Iean de
Clere, eftre celuy de fon maiftre. Ce qui occafionna ledit
Laquay de remettre à l'inftant pied à terre : & à l'ayde dudit de Clere retira de la foffe fans delay & difficulté ledit
corps, qu'ils eftendirent de fon long fur l'herbe, lequel
apres l'auoir fort effuyé auec vn mouchoir par toutes fes
parties, ledit Laquay recogneut fort bien que c'eftoit fon
maiftre : combien qu'il fuft eftrangemét defiguré, & qu'il
euft mefme la tefte fort enflée du coup d'arquebuze, & la
face toute tournée : Mais ce pauure garçon, voyant qu'il
ne remuoit non plus qu'vn corps entierement mort, il ap-
procha fa bouche de celle de fon maiftre, comme pour le
baiser (le tenant pour mort) furquoy ayant reffenti encor
quelque refte d'haleine en luy, f'efcriant de ioye, dit, qu'il
n'eftoit encore mort, à raifon dequoy luy & ledit Iean de
Clere, mirent les mains fur fon eftomach, fur fon petit vē-
tre, & fur plufieurs autres parties de fon corps : en chacune
defquelles trouuās de la chaleur, & ne tenant ledit Laquay
à ces caufes fon maiftre pour mort, defireux auffi de le
porter en la maifon du fieur de Coquereaumont, ou il lo-

geoit auec le Capitaine Ciuille fon ieune frere lors gifant
malade d'vn coup de canon, qui luy auoit emporté le bras
gauche, affifté dudit de Clere, le print deuât luy fur l'arçon
de la felle d'armes du cheual, mettant feulemét fa cafaque
entre les reins & l'arfon. Et en cet eftat f'acheminerent au
monaftere de fainfte Clere : auquel y auoit bô nombre de
Chirurgiens ordonnez pour y penfer & medicaméter les
bleffez : Aufquels Chirurgiens ayant ledit Capitaine Iean
de Clere baillé ledit corps à vifiter, apres auoir fondé fa
playe, & paffé de part en part vne fpatule entrante par le
vifage & fortante par le col : luy fut dit par lefdits Chirurgiens, & entre autres par vn nommé maiftre Claude Fau-
buiffon, vieil, & experimenté en fon art, que ne voyás plus
en luy aucune efperance de vie, côme ainfi foit qu'il ne ti-
raft ni pied ni main, le meilleur eftoit de le porter en terre : auffi que ne leur reftant des medicamés que pour ceux
defquels ils pouuoiét efperer guerifon, ils n'eftoient d'aduis de les employer fi mal à propos fur ce corps qu'ils iu-
geoyét mort. De maniere que le pauure Laquay tout defe-
fperé, & plorât fit derechef placer le corps de fondit maiftre (côme auparauât) fur l'arson de la felle de fon cheual,
pour de là le porter chez le fieur de Coquereaumont , ou il
faifoit fa demeure, côme dit a efté : auquel lieu eftât arriué
le porterét nud, droit en fa chábre & en fon lift ordinaire,
dás lequel il demeura fans parler ou remuer aucuue partie
de fon corps plus de cinq iours & cinq nuifts. Durant lequel temps plufieurs de fes parents & amis le vindrét voir,

& entre autres les Damoifelles du Verbois, de Velly, du
Val & autres, lefquelles voyans l'eftat pitoyable auquel il
eftoit, & qu'il fembloit à raifon de la gráde chaleur qu'on
refsétoit en luy par tout fon corps, qu'il fuft hors de toute
efperance de pouuoir recouurir fa fanté (d'autant qu'il ne
parloit, voyoit, fentoit, ni remuoit aucunemét) fi ne laiffe-
rent elles d'enuoyer querir les Sieurs Guerente & le Gras,
Medecins fort renómez, qui firent monter auec eux en la
chambre vn ieune Chirurgien, nommé maiftre Iaques A-
ueaux, pour le penfer en leur prefence, fil fe trouuoit à
propos, & appliquer quelques medicamés & emplaftres à
fes playes. Mais montez qu'ils furent tous en la chábre ou
gifoit le fieur de Ciuille, apres l'auoir par tout diligémment
regardé & fait fonder fes playes par ledit Chirurgien, fans
que le patient fift demonftratió quelcóque d'en fentir rié
(ce qui les faifoit à la verité tous douter de fa guerifon) fi
fut-il refolu par aduis commun de la cópagnie, que fa perfonne meritant bien vn appareil, on luy appliqueroit (cóme on fit) vn Setton, lequel y arrefta vingtquatre heures,
remettans pour le furplus la partie au lendemain, à telle
heure qu'il eftoit, fur l'affeurance qu'ils donnerent tous
de le reuenir voir à l'heure dite, à fin de iuger plus certai-
nement par l'operation de ce premier appareil ce qu'on
auroit à efperer & dire de fa bleffeure & maladie. Cepend-
dát ils ordonnerét que pour le nourrir on luy defferreroit
& entr'ouuriroit les dents & la bouche auec des cou-
fteaux, & qu'on ne luy donneroit autre chofe qu'vn peu

de coulis & preſſis, qu'on luy ietteroit auec vne cueiller
dans la bouche. Ce qui fut fait : & fut ce corps laiſſé en cet
eſtat iuſques au iour enſuiuant : auquel toute la compagnie ſuſdite auec pluſieurs autres perſonnes de ſes amis,
au bout des vingtquatre heures eſtans reuenus en ladite
chambre, en intention de voir ce qu'on pourroit attendre
& iuger de la ſanté dudit ſieur de Ciuille, ledit Chirurgié
oſtant les bandes & linges, qu'il auoit mis entour ſa teſte
& ſon col, deſcouurant deuant & derriere ſes playes, retira
ce long ſetton, & apres auoir veu en la preſence des Medecins, & de toute ceſte compagnie la grande quantité
de puz & de ſang meurtri, d'ordure & matiere, qu'auoit
ietté en ſi peu de temps nature (ce qui auoit grandement
allegé la teſte du patient, & deſenflé ſon col, ſes maſchoi-
res, & les autres parties des enuirons deſdites playes) Cela diſ-ie, donna à toute l'aſſiſtance grande eſperance qu'a-
uec le temps, & l'ayde de Dieu, le ſieur de Ciuille pourroit
auoir allegeance de ſon mal, & encouragea ledit Chirurgien de ne luy rien eſpargner à l'aduenir. Mais le pis e-
ſtoit que la fieure n'eſtoit aucunemét diminuée, & eſtoit
continue & bien forte : auſſi qu'il ne remuoit aucun de ſes
membres, non plus qu'auparauant, à l'occaſion dequoy
n'oſoyent les Medecins aſſeurer rien au certain de ſa ſanté : car ils voyoyent peu d'apparence de luy faire perdre
ceſte groſſe fieure, laquelle (quoy qu'on y fiſt) ne l'abandõ-
na (comme on verra par la ſuite de ce diſcours) qu'apres
la prinſe de la ville de Roüen, qui fut le vingtſixieſme

B

iour d'Octobre audit an. Et dura le fieur de Ciuille en ce
miferable eftat depuis le iour de fa bleffeure iufques au
cinquiefme iour enfuiuant & plus, dedans fon lict, fans
parler, voir, remuer, ny fentir: auquel téps Dieu luy ayant
ouuert les yeux , & renuoyé le maniement et remuement
de fes membres (combien que bien peu fur le commencement) il fe mit à ouurir la bouche, tafchant & s'efforçant
de parler : Vray eft qu'il eftoit comme vn homme efper-
du, & frefchement refueillé d'vn profond fomme , ne fça-
chant ce qu'il faifoit, ne ou il eftoit, ne d'ou il venoit (cõme fil fuft reuenu de mort à vie) & peu à peu cõmença à
deflier fa langue, tantoft rougiffant, tantoft palliffant, cõme tout honteux, n'ofant entreprendre de parler. Neantmoins preffé de grandes douleurs fa langue en fin fe def-
lia, & furent les premieres paroles qu'il profera (*han, han,
han, les bras*) à caufe de la contraction & perclufion de fes
membres, procedant de ce coup d'arquebouze , qui auoit
coupé & fort offenfé la plus part des nerfs de fon col, bras
& mains. Et de là en auant peu à peu f'enhardiffant, demã-
da fes neceffitez : mais il ne recogneut qu'auec le temps
fes feruiteurs, fes parens & amis. Ne laiffoit toutesfois a
dire ou il fentoit du mal. Ce changement fut trouué de
toutes perfonnes eftrange, & tenu pour vn cas admirable,
rare & inaudit, de le reuoir (apres vn fi long filence de cinq
iours, de cinq nuicts & plus, & apres auoir efté plus de fept
heures & demie en terre parler, manger, boire, voir, fentir,
remuer, & en fin faire toutes fes fonctions ordinaires, cõ-

me s'il eust esté sain, & que tout ce que dessus ne fust aduenu. Cependant chacun se promettoit, puisque Dieu si
miraculeusement luy auoit redonné la parole & le sentiment de voir auec le temps encor quelque chose de plus
en luy : & qu'estant soigneusement pensé on le pourroit
mettre hors du danger de mort, pourueu qu'on trouuast
moyen de luy faire prendre medecine, à fin de le garentir
de ceste forte fieure. Combien qu'à la verité on iugeast
assez qu'il estoit impossible, qu'en son corps il ne restast
d'vne telle playe, vne grande difformité pour toute sa vie :
& qu'il seroit en danger mesme de perdre vne partie de la
veuë & de l'ouye : aussi qu'il ne pourroit iamais auoir la
bouche ne l'haleine que forte & mauuaise (ce qui n'est
toutesfois aduenu par la grace de Dieu, combié qu'il soit
à present 1606 aagé de plus de soixante & dix ans (outre
la contractió de ses membres en general & en particulier,
à l'occasion de ses nerfs fort offensez : & aucuns desquels
(comme il s'est depuis trouué) estoyent & sont entierement couppez : au moyen dequoy il se trouueroit sans
doute court & priué de l'vsage de ses membres. Mais cõme de iour en iour il amendoit, et que sa teste & son col
desenfloyent à veuë d'œil, au grand contentement de tous
ses amis, la ville de Roüen, fut prinse par assaut, la crainte
& l'apprehension dequoy luy augmenterent fort sa fieure.
Toutesfois Dieu le fauorisa tellement, qu'il entra en son
logis des soldats Gascons de la compagnie du Capitaine
la Go, pour la saisir & piller, comme en telles prinses de

B ij

villes il aduient, lefquels fe comporterent en fon endroit,
& pour fa perfonne, & pour fes biens, auec autant de dou-
ceur qu'on euft peu fouhaiter. Ce qui le r'affeura aucunement, & ne reçeut à la verité d'eux que toute courtoifie,
affiftance & amitié comme il fe pourra cy apres voir : ayãt
grand regret le fieur de Ciuille que lefdits foldats n'arre-
fterent plus long temps qu'ils ne firent en fa maifon. Car
deux ou trois iours apres la prinfe de ladite ville de Roüë,
leffufdits foldats eftans commandez de fe retirer en leur
quartier (comme ils firent le iour enfuiuant) les feruiteurs
du fieur de Moulins , Lieutenant des gardes Efcofloifes
(pour lequel le logis eftoit marqué) entrerét audit logis,
lefquels firent auffi toft enleuer ledit fieur de Ciuille de
fon lict & de fa chambre, pour y mettre leur maiftre. Partant il fut à l'inftant porté par fa garde & fes gens, en vne
petite Chambre, eftãt fur le derriere de la maifon, au deffous de laquelle y auoit vne efcuyrie, ou furét mis & efta-
bliz les cheuaux dudit fieur de Moulins : & eftoyent le
fiens & ordure de ladite efcuyrie iettées par vne feneftre,
dans vne petite court de derriere , fur laquelle auffi auoit
veuë par deux feneftres, la chambrette ou fut mis & porté ledit fieur de Ciuille, en laquelle n'y auoit pour tous
meubles qu'vn mefchant chalict plain de paille (dedans
lequel fut iceluy de Ciuille couché) auec peu de butin que
les foldats Gafcons en partant de fa maifon, luy auoyent
liberalement delaiffé & redõné. Mais le mefme iour qu'il
y fut mis, arriuerent dedans ladite maifon quelques Gen-

tilshommes du pays, accompagnez de cinq ou fix valets,
en intention d'y trouuer & tuer le Capitaine Ciuille fon
ieune frere, à caufe d'vne querelle & difpute qu'ils difoyēt
auoir dés long temps auec luy : mais entrez qu'ils furent
tous en cefte chambre dudit de Ciuile malade , voyans
qu'ils n'auoyent trouué fondit frere, ils commanderent
aux fufdits valets (à fin de fe venger de leur ennemy, fur
fon frere) qu'aufſi toſt qu'ils feroyent fortis de la chambre, de le ietter du haut des feneſtres. Ce qu'ils firent, re-
fermans toſt apres lefdites feneſtres : le tout en intention de luy rompre le col : ce que toutesfois n'aduint
pour eſtre le fieur de Ciuille tombé fus vn fumier qui e-
ſtoit en ladite court, vis à vis des feneſtres de ladite châbre. Et aufſi toſt que fefdits vallets l'eurent ainſi ietté par
ces feneſtres, ils chaſſerent hors de la maifon de faiƈt &
de force fa garde, & fes feruiteurs. Ce qu'ayans fait, ils pil-
lerent & emporterent fans refiſtance, le peu de hardes &
de meuble qui reſtoit audit fieur de Ciuille, du pillage.
Ainfi cefte garde & ces feruiteurs fe voyans fi mal à propos chaſſez & hors d'efperáce de reuoir plus à iamais leur
maiſtre, chacun d'eux fe retira de fon coſté. Car aufſi pen-
foyent-ils que ces meurtriers fuſſent defcendus en ladite
court, & que là ils euſſent acheué de le tuer, craignans que
f'il refchappoit que leur cruauté & barbarie ne fuſt co-
gnuë. Mais Dieu, qui a foing des fiens en auoit autrement
ordóné : car tant f'en faut que le fieur de Ciuille fe fuſt tué
ny bleſſé d'vne fi lourde cheute, qu'à raifon dudit fumier

il ne ſe fit aucũ mal : &fut plus de trois iours & trois nuiƈts
depuis ſa cheute trouué eſtendu de ſon long ſur ledit ſu-
mier, ſans auoir pendant ce temps la, ny beu, ny mangé, ou
veu ame viuante, qui euſt parlé à luy, ou l'euſt aucunemét
ſecouru, eſtant iceluy tout nud en chemiſe , auec vn bonnet de nuiƈt ſeulemét, expoſé au vent & à la pluye. En cet
eſtat le trouua le ſieur de Croiſſet ſon couſin germain : car
venant expres pour le voir au logis dudit ſieur de Coquereaumont, en eſperance de l'y trouuer en meilleur eſtat,
demanda de ſes nouuelles à vne bonne vieille ſeruante de
ladite maiſon, qui luy dit qu'il y auoit plus de trois iours
qu'il eſtoit mort en vne petite court de derriere , ſur vn
fumier : ou la bonne féme le menant, ledit ſieur de Ciuille
y fut encor' trouué en vie, mais à demi mort ou bien preſt
de mourir, ne parlant que de l'œil, à cauſe de la faim, & ſur
tout de la ſoif extreme qu'il auoit endurée pendãt leſdits
trois iours : A raiſon dequoy il auoit la langue & les leures
ſi ſeiches, qu'il ne pouuoit prononcer vne ſeule parole. Ce
que voyant ledit ſieur de Croiſſet, il enuoya la bóne femme querir vn morceau de ſon pain bis, & plein vne coupe
de biere : & vid bien par les geſtes dudit ſieur de Ciuille,
qu'il eſtoit fort alteré , & qu'il euſt volontiers beu auant
que de prendre du pain, comme il fit : car prenant le pain
en ſa bouche & le cuidant aualler, ſans autrement le maſ-
cher (tant il ſe trouuoit preſſé de la faim) il ſe penſa eſtrã-
gler : & fut peut eſtre, ainſi aduenu, ſi le pain n'euſt eſté
promptement retiré de ſon goſier, nõ toutesfois ſans dif-

ficulté, & fallut mefme auffi toft retourner à la biere pour
la deuxiefme fois, dedans laquelle apres auoir efté trem-
pé & mollifié ledit pain, il l'aualla ayfément, mais fans le
mafcher, tant il eftoit affamé, & eftoit fon vifage à l'occa-
fion de ce ieufne fi long, deuenu fi hideux à regarder, qu'il
fembloit pluftoft eftre vn corps mort, qu'vne creature viuante. Mais Dieu qui veille toufiours pour le bien de fes
efleuz, & qui peut & veut en temps & lieu tirer du mal le
bien, fit que ce long defaut de boire et de manger, au lieu
de tourner à la ruine dudit fieur de Ciuille, luy ofta la fieure cötinue, & lui apporta commencement de guerifon.
Car fi la fieure fi violente l'euft apparemment emporté,
qui eftoit bien le rebours de l'intention de fes ennemis.
Cet accidét apporta un eftonnement grand audit fieur de
Croiffet, & luy donna fuiéct (voyant cefte merueille de
Dieu en ce Gentilhomme fien parét) de luy offrir retrait-
te en fa maifon & Chafteau de Croiffet, diftant de Roüen
d'vne lieuë, à la defcente de la riuiere de Seine : pouruu
qu'il f'y peuft faire porter par autre moyen que par le fien.
Car ledit fieur de Croiffet, eftát Catholique, nonobftát l'e-
ftroicte parenté & amitié qui eftoit entre eux , n'ofa oncques entreprendre de le faire tranfporter en fon nom : craignát qu'il ne fuft fçeu : car f'il euft efté defcouuert, il n'y a
doute qu'on luy euft fait reproche, qu'il auroit fecouru &
affifté les huguenots : & euft encouru dáger. Sur ce le fieur
de Ciuille pria cefte vieille feruante de la maifon de faire
venir parler à luy la femme qui l'auoit auparauant gardé.

Elle y alla volótiers , & emmenãt quãt & ſoy ladite garde,
la fit parler audit ſieur de Ciuille, qui l'enuoya à l'inſtant
vers leſdits ſoldats Gaſcons, à fin de les prier (ſi poſſible
eſtoit de les recouurer) de le venir reuoir. Ce que ladite
garde fit en diligence. Arriuez donc que furent leſdits ſoldats, le ſieur de Ciuille ſans beaucoup vſer de propos,
voyãt que l'heure preſſoit, & cognoiſſant d'autre part leur
bonne volóté vers luy, ne fit de difficulté (apres leur auoir
fait entendre l'offre du ſieur de Croiſſet) de les prier de
l'aſſiſter de leur preſence & faueur en ceſte ſienne neceſſité, pour le mettre hors de la ville. Ce que les ſoldats luy
accorderent fort volontiers, promettans de le venir ſur le
ſoir trouuer en ſon logis, pour l'enleuer de là, & l'empor-
ter eux meſmes iusques dedans le baſteau hors la ville,
pourueu qu'on trouuaſt vne chaire à bras pour le porter
dedans iusques à la riuiere, à cauſe de ſa foibleſſe & infir-
mité. Et fit tel deuoir ceſte bonne garde qu'elle en trouua
& emprunta vne, d'vne ſienne voiſine & parente, dans laquelle fut incontinent mis le ſieur de Ciuille qui n'auoit
lors pour toute couuerture ſur tout ſon corps , que ſa chemiſe, & le garderobe de ceſte garde, entour luy, auec vn
bonnet de nuiĉt en ſa teſte. A raiſon dequoy ceſte pauure
vieille ſeruante ayant pitié de le voir ſi peu couuert, luy
fut querir des pantoufles, & vn viel manteau fourré, dont
elle enueloppa & accommoda fort bien ledit ſieur de Ciuille, lequel en ce braue equipage fut enleué par quatre
ſoldats, & porté iusques à la porte du Bac, laquelle trou-

uant ja fermée, l'vn d'eux s'addreſſant à vne bourgeoiſe,
femme d'vn Fuſtallier, qui eſtoit en ſa boutique proche de
ladite porte, la pria vouloir permettre que ce pauure ſoldat leur compagnon bleſſé & malade, peuſt paſſer la nuiȼt
en leur boutique auec vne honneſte femme de Roüen,
qu'on luy bailloit pour garde : à condition de le venir enleuer le lendemain de bon matin, & le faire paſſer par ladite porte du Bac, à fin de le mettre dás vn baſteau, & l'enuoyer à Louuiers, le tout auec promeſſe de la contenter à
ſon plaiſir. Ce que la bonne Dame & ſon mary leur accorderent volontiers, apres auoir veu & recogneu ladite garde, qui eſtoit aucunemȇt leur parente. Et de fait ils ſecou-
rurent charitablement toute la nuiȼt ledit de Ciuille de
feu, & d'autres neceſſitez. Le lendemain leſdits ſoldats,
ſuiuant leur promeſſe, vindrent de grand matin retrouuer
ledit ſieur de Ciuille, leſquels enuoyerent l'vn d'entre eux
pour voir la cȏmodité de paſſer ſeuremȇt la porte du Bac
lors gardée par les Suiſſes, & par meſme moyen loüer vn
baſteau. Et n'eſt à obmettre en cet endroit la grȃde cour-
toiſie dont vſa ladite fuſtaillere à l'endroit du ſieur de Ciuille, laquelle non contȇte de ce que deſſus, lui donna encor' vne chemiſe blanche auec vne couple de mouſchoirs
de ſon mari, & du vieil linge pour eſſuyer ſes playes, &
pour en faire des tentes charpie & emplaſtres : outre plus
des fruiȼts ſecs, pour luy ſeruir de rafraiſchiſſement ſur le
chemin. Le ſoldat de retour, ledit ſieur de Ciuille, apres a-
uoir remercié ledit Fuſtailler & ſa femme de leur courtoi-

C

fie, & prins congé d'eux fut à l'inftant porté par lefdits foldats en fon bafteau, ou eftant iceux luy donnerét vne couple de chemifes, & voyans qu'il n'auoit aucun argent pour
payer fon baftelier, lui donnerent chacun vn tefton : dont
deux furét fur l'heure deliurez au maiftre baftelier, fuiuát
le marché auparauant fait auec lui : & les deux autres bail-
lez à fa garde pour fes neceffitez. Dauantage craignans
encor' lefdits foldats que ledit baftelier eux partis de là,
ou bien que fur le chemin, il ne fift quelque tort audit
fieur de Ciuille, & à fa garde (car telles chofes fe faifoyent
affes librement, voir impunément pour lors) ils prindrét
le nom & demeure dudit baftelier, & luy commanderent
de leur apporter le lendemain matin nouuelles en leur
quartier de l'arriuée dudit de Ciuille, au lieu de Croiffet,
en fauueté. A quoy n'ayant ledit baftelier fatisfait fuiuant
fa promeffe, ils enuoyerent dés le lendemain audit Chafteau de Croiffet, vn de leurs goujats : expres auec rafrai-
chiffemens nouueaux pour ledit fieur de Ciuille, et offre
d'argét f'il en auoit affaire, à quoi refpódant le fieur de Ciuille que nó, & qu'il remercioit bié hūblemét ces hóneftes
foldats de tát de tefmoignages de leur amitié & courtoifie : ledit goujat f'en retourna trouuer à Roüé fes maiftres,
aufquels il fit ce raport de la part dudit de Ciuille, dont ils
furét ioyeux. Vray eft que par la malice d'vne feruáte de la
dite maifon de Croiffet, le fieur de Ciuille arrefta lóg téps
fur le pót d'iceluy Chafteau, auát que cefte mauuaife femme lui voufift dóner entrée, & l'y receuoir, ce qui lui caufa

d'extremes douleurs en ſes nerfs, à cauſe du grand froid
qu'il y endura. Mais en fin y arriuât le lacquay dudit ſieur
de Croiſſet, qui aſſeura ladite ſeruâte du vouloir & intétion
de ſon maiſtre, le ſieur de Ciuille entra au Chaſteau, & fut
mis en vne châbre, en laquelle il fut aſſez mal accómodé
en l'abſence de ſondit Couſin : neantmoins il y arreſta pres
d'vn mois en gráde miſere & neceſſité, & auec de treſ-grá-
des douleurs, pour raiſon de la cótraction de ſes nerfs, cau-
ſée par le froid, & autres incómoditez qu'il endura là, tant
pour la malice de ladite ſeruâte (qui gouuernoit toute ceſte maiſon en l'absence de ſon maiſtre) que pour ce que le
dit ſieur de Ciuille n'eſtoit penſé de ſes playes, cóme il falloit : car il n'auoit pour lors que ceſte pauure garde, qui ap-
pliquoit ſur ſes playes de la iouë droite & du col, des a-
preſts de pain blanc ſeulement en forme de tentes trépées
dedás le moyeu d'vn œuf crud, ne les chágeant ou renou-
uelât, qu'vne fois en 24 heures. Et cótinua ceſte bóne garde ceſte façó de le péſer (par faute de mieux)iuſques à ce
que le ſieur de Croiſſet, eſtât aduerti que ſon Couſin empi-
roit de iour en iour, craignát que ſa ſieure augmentant,il
ne decedaſt en ſa maiſon & en tóbaſt en peine , & en la reproche des Catholiques, amena de Roüen le ſieur de Bettencourt Medecin, & le ſuſdit maiſtre Iaques Aueaux Chirurgien, qui premier l'auoit penſé chez le ſieur de Coquereaumont, leſquels arreſterent audit Chaſteau de Croiſſet
2 iours, à fin de luy dóner remedes cóuenables pour le garantir de ſa ſieure, pour lui fomenter ſes nerfs, & pour net-

toyer ſes playes cõme auſſi pour luy laiſſer de l'õguent &
des appareils tous preſts, monſtrans à la garde le moyen
qu'elle auroit à tenir à le péſer, nettoyer & medicaméter à
l'aduenir, en attendant que le ſieur de Bettencourt et ledit
maiſtre Iaques Aueaux trouuaſſent quelque autre cõmo-
dité de le reuenir voir & qu'il y euſt pour eux ſeureté. Car
à la vérité eſtans recogneus tous deux pour eſtre de la Religion, ils n'oſoyent ſe hazarder de paſſer les portes ſans ſe
mettre en treſ-grãd dãger d'eſtre tuez par le peuple, ſinon
que ce fuſt en la compagnie du ſieur de Croiſſet, qui eſtoit
fort reſpeꞔé de tous les Catholiques de ladite ville. Or les
remedes & l'aſſiſtáce de ces gẽs de biẽ, luy firẽt toſt perdre
ſa fieure, & ſes playes auſſi cõmencerent à ſe mieux porter
que deuãt, de maniere qu'il ſortit toſt apres de ſon liꞔ &
de ſa chãbre, & ſe promena par tout le logis, vray eſt que
c'eſtoit ſans ſe mõſtrer, ny eſtre veu de gẽs eſträges, & non
domeſtiques du ſieur de Croiſſet, de peur qu'eſtant recogneu, ledit ſieur de Croiſſet à ſon occaſiõ ne tõbaſt en peine, & les dãgers y eſtoyẽt grãds : car on faiſoit recerche de
ceux qui auoyẽt eu charge dãs Rouen (cõme le ſieur de Ciuille auoit eu). Voila cõment peu à peu ledit ſieur de Ciuille reprenoit ſes forces. Mais ſa difformité, ſes cõtraꞔiõs &
douleurs de bras, de mains & de col luy reſtoyẽt encor' &
luy continuoyẽt touſiours, à quoy il n'eſtoit aucunement
poſſible d'apporter remedes cõuenables pẽdant l'hyuer, à
cauſe auſſi du lieu où il eſtoit forcé de ſe tenir par faute
d'argẽt, & que les chemins eſtoyent ſi mal ſeurs que de ſ'y

mettre lors, c'eſtoit hazarder ſa vie. Et ſa difformité eſtoit
telle qu'il auoit cõtinuellement l'aureille droite (à l'occaſion de la ſuſdite contraƈtiõ de nerfs) attachée à l'eſpaule,
la bouche quaſi touſiours ouuerte, ſans la pouuoir fermer
qu'auec beaucoup de peine & de mal, ny meſme ſerrer les
dẽts qu'à force : ayãt le coude de ſon bras droit ſerré, cõme
ſ'il euſt eſté collé à ſes coſtez : la main droite tellemẽt clo-
ſe, qu'il ne ſe pouuoit en ſorte du monde ayder de ſes
doigts, ny meſme les dreſſer : & falloit que tout ſon corps
tournaſt (tant il auoit le col roide) quand l'œil ſe vouloit
tourner. Et continua le ſieur de Ciuille en ce miſerable e-
ſtat iuſques au mois de Iuillet enſuiuãt, qu'eſtant ſecouru
par aucũs de ſes amis, & ſingulieremẽt par ſon grand lacquay qui l'auoit deterré (l'eſtant iceluy venu retrouuer &
ſeruir) il fut par luy & vn autre ſeruiteur cõduit pendãt le
ſiege du Haure, iuſques en la maiſon des ſieurs de Ruffoſe
& de ſainƈte Marie Bailleul, freres, gẽtils-hõmes demou-
rans en Caux, qui ſont perſonnages aſſez cogneus pour la
grãde & rare experience qu'ils ont naturellement, & par la
grace de Dieu particuliere & cõme attachée à leur famillé,
auquel lieu eſtãt arriué & par eux fort gratieuſemẽt receu,
ils le pẽſerent auec tãt de ſoing, de diligence & d'affeƈttion
meſmes (à raiſon de l'ancienne amitié qui eſt entre leurs
maiſons) qu'ẽ moins de ſix ſemaines il améda fort (cõbien
que pẽdant qu'ils le manioyẽt & l'accõmodoyent il endu-
raſt des douleurs extremes :) Car apres qu'ils auoyent vſé
de pluſieurs reiterées fomentations, à fin de luy mollifier

les nerfs, il lui tiroyét à pluſieurs perſonnes vne fois pour iour, & ce huiĉt ou dix iours durant, la teſte, les bras & les iambes, pour par ce moyĕ luy eſtĕdre les nerfs, puis apres luy lians le bras gauche au dos, & le faiſant môter en haut d'vne eſchelle à des grilles de fer d'vne des feneſtres de la maiſon (qu'ils luy faiſoyĕt forcémĕt prĕdre auec la main droite) lui oſtoyĕt de deſſous les pieds l'eſchelle, & faiſoiĕt que tout ſon corps pĕdant à ſa main, ſes nerfs par ce moyé ſ'eſtĕdoyent de plus en plus, en ſorte qu'ayans auſſi appli-qué de treſ-excellens chiroaynes depuis le haut de ſon col iuſques deſſus la main, & le long de ſon bras droit, pour touſiours mollifier ſes nerfs, il ſe trouua dans ledit temps de ſix ſemaines auoir recouuré la force, le remuemĕt & l'v-ſage de ſes mĕbres, tournĕt fort à propos & de tous coſtez le col, hauſſant, baiſſant & eſtendant ſon bras à ſa volonté, & maniant ſa main & ſes doigts ſelon qu'il vouloit. Cóme à preſent, 1606 encore qu'il ſoit aagé de plus de ſoixante & dix ans, neantmoins ſe void auoir l'vſage de ſeſdits mĕ-bres & de ſon corps aſſez à l'aiſe par la grace de Dieu : có-bien qu'il ait depuis l'an 1562 enduré autĕt de mal, & por-té autant de fatigue & de coups, qu'autre gentil-hôme de ſa qualité, ſans toutesfois qu'il ait perdu à l'occaſion de ſa ſuſdite bleſſure autre choſe qu'vne partie de l'ouye, à quoi à la vérité il n'a eſté poſſible d'apporter aucun remede, nó plus qu'au nerf du petit doigt de ſa main droitte, lequel fut entierement coupé par la balle, ne laiſſant toutesfois de ſ'en ayder, mais non auec telle force, vertu, ou aĉtion,

qu'il faiſoit auant ſa bleſſure. Bien eſt il vray qu'en conſe-
quence d'icelle grande bleſſure, il a eu de grandes maladies à l'occaſió de la deſcente de pluſieurs os, leſquels nature pouſſant hors à diuerſes fois & en diuers téps, & cou-
lans le long des nerfs entre la peau & la chair de ſon col, il
ſ'eſt veu de téps en téps tellemét affligé de groſſes apoſtumes, qu'elles l'ont maintesfois conduit iuſques ſur le ſueil
de la mort : & ſont ſortis leſdits os à diuerſes ſaiſons & par
diuers endroits, procedás tous de ſa maſchoire droite, qui
fut rompue en deux, & de tous coſtez briſée : continuát ce
mal depuis le iour de ſa bleſſure, iuſques en l'ã 1586. qu'e-
ſtant refugié auec ſa famille en Angleterre dedás Londres,
pour ſatisfaire & obëir aux Ediſts du Roy. Il fut par le có-
ſeil d'vn excellent Medecin de Prague, nommé Monſieur
Lauinius, & d'vn autre doſte Medecin natif d'Orleans, nó-
mé Monſieur Maillard , contraint de le faire appliquer vn
cautaire au bras gauche, à fin de rópre par ceſte diuerſion
le cours des humeurs qui couloient en abondáce ſur ceſte
partie offencée, & leſquelles luy occaſionnoyét de téps en
téps ces groſſes apoſtumes & maladies, nature n'eſtát ſeule aſſez forte pour les repouſſer ſur les autres parties plus
capables de ſ'en garantir. Ainſi ſes apoſtumes ceſſerét, n'en
ayant (depuis qu'il a continué d'étretenir ce ſien cautaire)
eſté en ſorte que ce ſoit ny menacé, ny trauaillé. Auſſi eſt-
il ſoigneux de le bien entretenir : Se portant à ceſte occaſion mieux ſans comparaiſon, qu'il n'auoit oncques auparauant fait. Et ce par la grace de Dieu.

24

VOILA en somme l'isthoire & discours veritable de la blessure, mort, enterrement & resurrection Ciuile du sieur de Ciuille, histoire, dis-ie, tres-vraye & tres-memorable, laquelle il prie tous lecteurs Chrestiens, gens de bien & d'honneur, ne trouuer estrange s'il la voulue rediger par escrit, à fin d'estre veuë : n'ayant en ce faisant eu pour but de son intention, que de rendre à Dieu seul toute la gloire, & l'honneur d'vn si notable miracle qu'il a pleu à sa Maiesté faire pour la côseruation de sa personne. En recognoissance dequoy le sieur de Ciuille a pensé estre non seulement de son deuoir, mais aussi tres-obligé d'en rendre publiquement par le present discours, action de graces à Dieu. Auquel auec le Fils & le S. Esprit, soit honneur & gloire eternellement. Amen.

FR. DE CIVILLE 1606.

www.ingramcontent.com/pod-product-compliance
Lightning Source LLC
Chambersburg PA
CBHW061652180626
46818CB00003B/1070